잡
지
01

지금

이대로

좋습니다

잡
지
01

지금

이대로

좋습니다

수 양

어릴 때 교회에 다녔으나 지금은 불자라는, 하지만 종교적 구분보다는 기도라는 정신이 더 중요하다고 생각하는 수양의 이 글들은 평범한 사람이 일상의 삶 속에서 건져 올린 건강한 깨달음이다. 시편들은 수필 같고 수필들은 시 같다. 그리고 간간이 들어있는 필자가 찍은 사진들의 평범한 풍경마저 이 글들을 닮아있다. 평범이 무능과 동의어가 되어버린 이 시대에 긍정의 호흡이 슬며시 건네주는 속삭임은 결코 평범하지 않다.

강 헌(음악평론가, 명리학자)

편안하게 보아주세요.

차례

1부   시

2부 　　　　　　　　　　　　　　　　　　　수필

1부

시

작가 소개

익스트림 비욘드 익스트림
서커스 오브 더 서커스
지금, 여기, 세헤라자데

이름 없는 사람들이 나날이 살아가며
비가 오나 눈이 오나 바람이 부나
근성과 인내심 사랑으로
하나씩 찬찬히, 쌓아올린
숨은 공덕, 숨은 보살을 비추는
이름 없는 조명이 되고 싶습니다.

나는 물고기가 파도 밑에서 솟아올라
보이지 않는 벽을 뛰어넘으며
은색 금속의 활로 휘어지는 순간에
탄력의 정점에서 쏘아내는 빛의 화살이다.

나는 초원의 동물이 직선의 속도에 따라잡히기 직전에
마지막 안간힘으로 방향을 전환할 때
땅으로 쏠리는 찰나의 숨죽임을 낚아채고
원심의 허공으로 힘차게 던져지는 표범의 꼬리이다.

나는 낙인이 찍힌 사람이
바람을 불러오는 길 끝의 나무 그늘에
외롭게 숨어있을 때,
높이 자란 나무의 짙은 푸름이
하늘의 파란색으로
밀려 나가며 들려오는
낮은 해일의 소리이다.

나는 가지에 매달린 얼룩진 그림자로 숨어있는
고양이의 눈동자에 닿은 햇빛이다.

나는 그칠 지止이다.
마지막 한 발은 과녁을 벗어나는 화살이다.
나는 시詩이다.

여수 밤바다

마루에 가만히 앉아
동백나무와 접시꽃 담장 아래의 바다를
오래 보는 법을 배웠다.
갯가에 매인 고깃배는 밀물이 들어와도 한가하고
먼바다 막아주는 작은 섬에 길이 이어지면
바지락 꼬막 굴이 많아
이마에 수건을 동여맨 외할머니가
갯밭에 앉아 호미를 들었다.

대나무밭엔 늘 바람이 불었다.
나는 아랫목에 누워
제사상 뒤의 창문으로
그 숲을 흔드는 어둠을 들여다보았다.
비린 바다 냄새나는 방 안에서
노동이 기도되어 평화롭게 나이 든
덕양댁 사배댁의 말소리에
귀를 기울이며 잠이 들어갈 때,

호남선 완행열차가
언덕 아래 기찻길을 따라
지평선을 향해 쇳바퀴를 구르며 지나가다
동이 틀 때 다시 돌아왔다.

귀소, 돌아갈 귀歸 둥지 소巢
어린 새 머리 내미는 나무로 돌아가
그 마음을 떠올려보리라.
불러와 이파리에 고인 바람 털어내고
계절 따라 변화하리라.

여수시 율촌면 조화리.

봄 여름 가을 겨울

언덕길을 내려가다 축대의 돌 틈에서
국화 한 그루가
한겨울을 보내고 키 큰 애들 나오기 전에
먼저 고개 내미는 이른 봄의 들꽃처럼
연한 색으로 여리게 피어있어
잠시 서 있다 지나갔다.

여름 해로 꽃대를 밀어 올리는 그 꽃을
나는 가을 열매처럼 진하고 탐스러워
오래 보고 있진 않았었다.

낙엽이 지는 봄의 초원처럼
강변에 갈대 순이 다시 올라오지만
철새가 돌아왔다.

기류를 타고 솟아오르던 매가
날개를 접고 내리꽂을 때

갈대밭에 앉아있던 청둥오리가
잔잔한 유속에 발자국을 떨어뜨리고 달려나가면
사냥에 실패하는 것이다.

공격자는 두운에 내리찍어
정박으로 봉쇄하고
탈출자는 엇박으로 피해
각운으로 빠져나간다.

물고기 하나가 튀어 오르고
강둑에서 무릎만 한 물속을 들여다보면
물고기 떼가 바다에서 산으로 몸을 돌리고
군대 대열로 뭔가를 기다리고 있다.

가지마다 모여 피던 벚꽃이 한 잎씩 흩어져
계곡에 떨어지는 날,

백로와 왜가리는 흐름이 거센 여울목 가에 서서
미동 없이 바라보다 이따금 물속을 겨냥하고

상류를 힘차게 거슬러 올라
조약돌 밑과 모랫바닥에 알을 쏟아내면

숨을 거두어 힘없이 쓸려갈지라도
다시 태어나 바다를 향해
돌아올 여정을 시작하리라.

산과 바다에 강이 이어지고
봄 여름 가을 겨울이 엮어내는
삶의 투쟁이 물길 따라 흘러가고
누군가의 마음에 가닿기도 하고.

강강수월래

냇물아 흘러 흘러 어디로 가니
나도 이 골목 저 골목, 작은길 큰길
즐거운 얼굴로 나가보고 싶지만
내방 벽에 부딪혀 돌아오는구나.

한 해의 놀이가 시작되었다.

사람들의 머리 위로 보름달이 떠오르고
우리의 마음에는 소망으로 가득 차
내 것이 되지 않으리라 해도
물 들어올 때 노 저어보자 강강수월래
바둑이도 누렁이도 컹컹 짖고

등불을 든 행렬,
뒤를 따르는 구경꾼,
저마다 탈을 쓴 마당,
천 년의 도깨비가 한판 승부에
눈을 부릅뜨다 빙글빙글 돌아간다.

뿌리고,

정을 주고,

맺고,

기다린다면,

강강수월래

어느 산에 샘이 솟아 흐르는지

시간은 쉼이 없고

차례차례 바다로 물러 나간

까마득한 옛날에 이 강가를 찾아온 첫 사람도

물고기, 나무, 곤충, 새도

돌아와 강강수월래.

시퀀스

초여름 푸른 꽃
수레국화, 수국

쏟아붓는 소나기

쉼 없이
바람 불어
고목나무의 나뭇잎이
되살아난다.

논두렁에 금빛 물결 헤치고
멀리 나아가
바다를 바라보는 언덕,
외할머니 집 가을 하늘에
감이 매달렸다.

늦은 겨울,
시골집은 아무 일 없이 정지하고
바람도 불지 않아
눈 사이 사이
느릿 느릿 쌓이는 고요를 흡수하고
짙은 푸른 잎끝에서
선명하게 떠오르는 동백

바닷가 바로 옆을 달리는 기차 소리

잠들었다 깨어
볕 든 언덕에 나물 돋아나면
마음은 벌써 봄.

옷깃을 잡아 하소연을 하고
오십 원을 얻어내자마자 골목길을 뛰어나가
구멍가게에서 야쿠르트를 하나 사서 방긋 웃었다.

언덕길을 내려가 놀이터도 지나치면
하루가 짧아지려 하기 전에 모내기를 할 철이다.

논두렁의 물에 산그늘이 깔리고 빛이 숨어들면
구름 하늘 마을이 흑백사진으로 인화하고
명암의 깊이에 발이 빠지고
물이 밀려 나가면 사라지는 공간 너머를
뚫어지게 바라보다
올챙이가 숨어있다 달아나기 전에
작은 손이 건져 야쿠르트 병에 담다
고개 들면,

해는 산 밑으로 멀어져만 가고

찾으러 갈 때까지 집에 들어올 생각을 안 한다는

이름을 부르는 소리를 위해

손을 흔들고 긴 치마를 펄럭이며

가파른 언덕길을 달려오는 그림자가

먼 훗날에 말을 걸며

노을에 남아있었다.

얼굴을 가린 채,

호기심이 많은 아이가

언젠가 자기 길을 가겠다며

집을 떠날 날도 다가오고 있었다.

프로필 사진

동정 밑과 옷고름,
겨드랑이와 소매 끝에
자줏빛 천을 단
옥색 깨끼저고리에

등 뒤로 내린 머리는
동그랗게 쪽을 지어
녹색 옥비녀를 꽂고

진홍색 홍두깨 비단을 허리 위에 여미어
둥글게 겹쳐 둘러
나비 같은 삼작노리개를 하얀 치마끈에 걸어
자줏빛 고름 옆에 늘어뜨리면

한 손에는 연보라색 비취 쌍가락지를 낀 손가락으로

과감하되, 살짝 자락을 들어
오목한 버선을 보이겠다.

입구가 낮아 들어가려면

고개를 숙여야 하는

한옥 장지문 너머,

아랫목에 앉아있다.

문살에 붙여진 한지에

섬돌 밟는 오후의 그림자 먼저 닿으면.

바퀴는 레코드판 위를 굴러가고

풀이 바람에 밀려 나가고
그늘을 드리지 않는 미루나무 뉘어지고…

모두 받아들이겠습니다.

지직… 지직…
나는 6월의 가로수를 지나가네.
꽃들은 흔들리고
아이들은 놀이에 빠져있고
멍청한 개는 주인이 던진 공을 쫓아가다
되돌아오네.
나는 평온함으로 몰입하네.

뿌리는 돌을 뚫고,
흙은 단단해지고,
강물은 굽이치고,
우리의 관능에는 위로가 있을 거예요.

개불알풀꽃 민들레 수수꽃다리

홀아비바람꽃 나도바람꽃

보는 대로 정직하게

모두 함께 나룻배를 타고

재개발 펜스로 둘러싸인
광명시 전통시장 골목 안으로 들어갔다.
머뭇머뭇 옆을 보며 지나치다
전 집에서 앉았는데,

할아버지 혼자 옆자리에 와
빈대떡 하나에 막걸리 한 병을 시킨다.
아버지를 떠올린다.
누구나 나이 들고 언젠가는 혼자된다.
담담하지 못했음을 참회합니다.

낮인데도 어느새 손님들이 들어찼다.
모두가 식탁에 빈대떡과 막걸리를 올려놓고
텔레비전만 본다.

야구 동메달 결정전
3점 차로 지고 있는 원아웃 1루
병살타로 물러날 때,

갈애*의 강물 위에

모두 함께 나룻배를 타고

파도가 밀려오면,

아~~~

다 같이 술잔을 비우고

부서지는 물결을 맞으며

빠져나간다.

그래, 이 맛이다.

야구는 졌다.

＊ 갈애(渴愛)

1. 몹시 사랑하고 좋아함

2. 불교에서 목이 말라 물을 찾듯이 몹시 욕망에 집착하는 것을 뜻함

향수

일관된 상처를 받은 기억이 있다면,
미래의 비상구를 찾아
과거의 공포로부터 쫓겨 다니는
시간도 있겠지요.
향수는 이렇게 지치는 삶에서
잠시 멈추기 위해,
인간이 만들어낸 환상일지 모르겠습니다.
그러니 어린 시절이 행복하지 않았더라도
지금 우리,
아이 같이 놀아보아요.

강을 왼쪽에 두고
저기 줄지어가다 띄어지다 하는
메타세쿼이아 가로수가 늘어선 도로와
나란히 가는 논밭을 오른쪽에 두고,
나는 서해로 자전거 페달을 밟아가다
그 후각을 자각하기도 전에
멍하니 어린 시절에 있게 되었다.

어서 추워지는 저녁 어스름에

밭 태우고 남은 냄새

물가의 새들은 무리 지어 날아가고

기러기 울음소린가는

벼 벤 그루터기만 남은 땅에 내려앉고

시골집 마당에 아이들이 모여들고

할아버지 마루에 앉아있고

격자 문살에 붙여진 안방 창호지에

불빛이 배면

조곤조곤 말소리가 새고

나는 부엌 문간에 앉아 엄마를 보고 있고

마른 짚 나뭇가지 모아

아궁이 불 때는 냄새

딱딱 불티 터지는 소리

남도의 집집 마다에는

장독대 옆에 방아잎이 자라나

마당의 화로에서 장어국을 끓이거나

평상에 앉아 부침개를 부칠 때

할머니의 손에 추려졌었다.

모든 환상에는 독이 있습니다.

지금이 제일 좋은지 알겠습니다.

개밥 바라기 별

나는 회의할 때 마시는 찻잔 안의 카페인이고 싶다.

나는 구석에서 군고구마 익어가는 화로의 숯불이고 싶다.

나는 해보다 달,
달보다 서쪽 술시 금성,

힘없이 그림자를 끌고 집으로 돌아가는 길에
밥 달라고 개 짖는 소리에 한숨 쉬고 고개 들어 볼 때

미루나무 듬성듬성 서 있는 강변 저녁노을 속의
개밥 바라기 별이고 싶다.

타자기

탁, 탁탁 탁탁
주어지는 대로 순응하지 않고
운명을 거슬러보겠다는 가슴의 부르짖음이
글자로 날아가 배어들 때,
그것은 잉크가 아니라 피였다.
편집할 수 없었다.
자유였다.

써커스

오랜 시간 헛되이
멀리서 찾아올 연인을 기다리며
실루엣에 환상을 만들어내고
수정 구슬에 꽃을 불어 넣는 여인

발이 빠질까 채일까
깜깜한 밤길을 더듬더듬 짚어가면
방 안에 있어도 멀리 개 짖는 소리
누군가 귀를 기울이고
시간은 천천히 지나간다.

연기를 단 기차가 굉음을 내며 달려오고
잠들어있던 기억이
생생하게 쏟아져나오다 막막하게 흩어진다.

소나무와 느티나무

어느 날 바위틈에 씨앗이 앉았다.
벼랑 너머로 한 발 나아갈 때
휘어짐은 무게 중심이고
뒤틀림 속에서 진정되는 순간에
뿌리가 깊이 내려졌다.

하늘은 그 나무를 담는 틀이 되었다.

늘 푸른 작은 소나무를 뽑으려면
영겁의 시간을 살아온
저 바위를 깨야 한다.

너른 들판을 내다보는 마당
길과 길이 만나는 정거장에
곧고 넓은 느티나무

그늘의 정적을 찾아들게 하는
한낮의 햇빛을 피해
지친 몸을 쉬고 나면
사람들은 마음을 내놓게 되었다.
협동이 시작되었다.

예전에 당산나무는
오래된 교회와
지붕 위의 십자가가
마을을 지켜주는 자리에
있었다.

스테레오 사운드 1

오래 기다렸던 비가 빗물 위에 떨어질 때 둥그런 파문과

절 종이 사이에서 진동할 때의 둥그런 파동과

출가한 지 만 일을 넘긴 스님의 예불 소리가

겹치고 흩어지고 물러나고

공간 밖으로 천천히 사라질 때까지

아무 말 없이 잠잠히 잠기다.

스테레오 사운드 2

강물 바로 옆을 따라 첩첩이 겹쳐진
긴 수풀들을 파도가 통과하고

강변 미루나무 이파리
조각조각 씻겨 내리는 소리에

칼날의 감각이 강의 흐름에 서늘하게 배어들고
물고기들이 잎사이를 빠져나간다.

삼립호빵

찬바람이 싸늘하게 두 뺨을 스치면
따스하던 삼립호빵 몹시도 그리웁구나
호호 삼립호빵

나는야 80년대 어린이
아파트는 3층 건물 두 동짜리 장미맨션
자가용을 한번 보면 좋겠어요

바둑이가 학교 마치고 돌아오는
철수와 영희를 기다리고
저녁 먹고 안테나 달린 텔레비전에서
9시 뉴스 시그널이 울리면

이제는 우리가 헤어져야 할 시간
다음에 다시 만나요~
빠-빠바-빠바 빠바-빠바-빠바 빠-빠바-빠바 빠바-빠바-빠바
웃으면서 헤어져요~

아빠가 "오늘은 호빵 사 먹을까?"

내복만 입고 있던 삼 형제가 와~ 박수 치고
엄마가 건네준 잠바를 낚아채
마루를 달려나가 황급히 신발을 신고
마당을 건너가 대문을 열어
전봇대에 매달린 가로등이 굽어보던
골목길을 빠져나가 오른쪽으로 돌아서~!
사거리 모퉁이를 홀로 밝히는
제일슈퍼로 뛰어갈 때

호호 삼립호빵

2부

✦

수
필

지금 이대로 좋습니다

사진은 포즈입니다.

에스앤에스는 엿보기입니다.

좁게 열린 문틈으로 문밖을 볼 수 없겠습니다.

작품 또한 나라고 볼 수 없습니다.

창조의 다른 면은 파괴입니다.

기성의 요구를 그대로 수용하기가 더 어려울 것이고

이유를 알 수 없이 자신이 다르다 느껴지면 외로울 거예요.

공감

우리가 더 큰 세계의 일부라면 누구도 별다르지 않고 내 마음이 일상에 시달리며 살아가는 어떤 이와도 같음을 신경 쓰게 될 때, 그로 인한 소외감이 구석에 있는 사람들이 목소리를 낼 수 있는 플랫폼이 되고 그로 인한 불성실함이 위험을 감수하고 부당한 강요와 편견을 바꿀 수 있는 용기가 되는 보편성으로 나아간다고 믿습니다.

불안

인간이 되고 싶어하는 로봇은 공상 과학 영화의 단골 주인공
이지만, 그 갈망이야말로 어떤 사람보다 인간적입니다.

혜가 대사가 달마 대사에게 물었습니다.

"저는 안심입명의 도를 얻으러 왔습니다."

"네 마음이 어떤데?"

"제 마음이 심히 불안합니다."

"그래? 그럼 불안한 마음을 이리 내놔라. 내가 편안하게 해줄게."

"내놓으려야 내놓을 것이 없습니다."

"내 이미 네 마음을 편안하게 했도다."

– '스님의 하루', 정토회

잃어버린 시간을 찾아서

그러나 그 대상의 목록이 실체가 없을지라도, 뭔가를 잃어버

렸다는 불안과 찾아야 한다는 갈망과 그것이 구원이 되리라는 믿음과 그 길을 찾아가는 과정은 우리가 겪고 있는 일입니다. 그러니 길은 어디에나 있고 다만 지금이 제일 좋은지 알겠습니다.

변화하는 세상에 완성이란 있을 수 없기에 완벽주의자들은 절망하고 그 마음이 무한에 지쳐 끝을 향할 때 천재들이 요절하고 그 끝이 개인이 아닌 세상의 종말일 때 극단주의자가 됩니다.

절대화에 대한 갈망

> 고지 반야바라밀다 시대신주 시대명주 시무상주 시무등등주
>
> – 「반야심경」

깨달음, 신비함을 깨트리는 수행이
가장 큰 신비한 주문이고, 가장 큰 밝은 주문이며
이보다 더 높은 것은 없고, 이와 비교할 것도 없다.

모든 것은 나로부터 나아가 나에게 돌아옴을 알아 부지런히 정진하겠습니다. (삼귀의)

짧게 보면 적응하고 길게 보면 진화해서 살아있는 것들이 다양성을 만들어가고 사람은 본성을 거스르는 부자연스러운 일이라도 노력하면 해낼 수 있습니다.

좋은 일은 금세 잊어버리면서 쓰레기는 고이 간직해두었다 수시로 꺼내보는 우리의 삶이 생사고로 프로그램된 이유일지도 모릅니다.

나는 산만했기에 단순화에 이점이 있었어요. 복잡한 세상을 이해하기 위해, 외로웠기에 자그만 불가에 다가가는 글을 쓸 수 있었습니다. 따뜻함에 기대고 싶었기에.

그러므로 나에게 글쓰기란 재주를 뽐내는 것보다도 내가 되고 싶어 하는 모습과 나에게 필요한 것을 다른 이와 공유할 수 있는 나의 연약함에서 비롯된 의사소통에 가깝겠습니다.

무슨 일이 일어날지 모른다는 설렘을 잃지 않고 조금씩 버튼을 돌려가며 미세하게 주파수를 맞추어보는 것 같다고 해야 할까요.

우리 모두는 멀리 떨어져 있는 사람에게 늘 뭔가를 보내고 있으니까요.

누구에게나 격동하는 불안이 있고

그로 인해 생기는 공포가 있으며

이를 넘어서려는 의지를 밖으로 드러냅니다.

조화롭기를 바랍니다.

돈오,

조아릴 돈頓, 깨달을 오悟.

이파리 하나가 작은 미동으로 숨어있던 씨앗을 깨고 나와 빛
에 조아릴 때,

> "인간은 원하는 것을 할 수 있어도
> 무엇을 원하게 될지 선택할 수 없다."
>
> – 쇼펜하우어

나는 어떤 씨앗인가?

부처님 감사합니다. 좋고 나쁜 것이 따로 없습니다.

그대 물을 건너시네

사랑은 대상을 향하기에 의존성이 있고
그래서 불안합니다.
우리에게 최초의 서정시로 알려진
공무도하가,
님이여 물을 건너지 마오,
하지 마라.

금할 금.
어두운 숲속을 들여다보지 마라.

심연을 보고 싶은 욕망,
법, 질서, 체계가 없는 광기와
오감 외에는 아무것도 없는 세계로
차라리 추락하고 싶은 충동,

여기에서 무당이 나타났다고 생각합니다.

무당 무.

절벽 끝에서 긴 옷자락을 펄럭이며

횃불을 이어가는 춤을 추는 무당의 소매 끝.

카타르시스.

평범하게 살아가되,

정해진 선을 살짝살짝 넘어

눈에 보이는 가장 먼 곳을

보게 되는 공간으로 데려가리라.

그리고 소수인들.

공동체 구성원을 실망시키지 않으려고 애를 쓰면서도

종교 가족 지역사회가 제시하는 답안에서 벗어나,

그저 자기 자신으로 살기 위해,

선택의 통제를 넘어서고자 하는 이들의 헌신은

나의 자유를 넓혀줍니다.

사랑받고 싶은 마음은 누구와도 같지만

사람들이 나를 좋아하지 않으리란 두려움을

내려놓을 수 있다면,

편견 속에서 마음을 굳게 먹을 수 있다면,

소수인은 다양성에 대한 가능성입니다.

성 소수자들을 위한 사회운동을 지지합니다.

그리고 예술에 유혹의 정서가 있다면

변화와 다양성은 나뿐만 아니라

모두에게 편하지 않기 때문이기도 하겠지요.

개인정보보호에 대해

스마트폰 터치의 모든 기록을 수집해서 머신러닝이란 알고
리즘에 집어넣는다고 합니다. 말 그대로 기계가 스스로 학습
하는 것이라서 그 절차와 과정이 어떻게 되는지는 프로그래
머들조차 잘 모른다네요.

'이거 해라', '저것은 안 된다'는 명령어의 입력이 없이 축적된
서사에서 앞으로 우리가 하려는 것의 가능성을 측정한 결과
에는 개인과 사회의 무의식, 편견, 차별이 필터링되지 않습
니다.

나는 내가 나를 아는 만큼보다 기계가 나란 사람을 더 깊이
파악하고 선택을 유도하기 위해 자동화된 결정을 내리는 것
을 원하지 않습니다.

나보다 더 나를 아는 무언가가 나의 약한 틈을 파고든다는
것은 내가 유혹을 이겨낼 수 있는 힘을 무력화한다는 것이
아닐까요.

식사 전에 드리는 기도

한 방울의 물에도
천지의 은혜가 깃들어있고
한 톨의 밥에도
만인의 노고가 깃들어 있으며,
한 올의 실타래 속에도
베 짜는 이의 피땀이 서려 있네.
이 물을 마시고, 이 음식을 먹고, 이 옷을 입고
부지런히 수행정진하여
괴로움이 없는 사람, 자유로운 사람이 되어
일체중생의 은혜에 보답하는 보살이 되겠습니다.
— 〈공양게송〉, 정토회

요리에서 가장 중요한 것은 재료 준비 과정이라고 합니다.

농산물은 농부의 보살핌으로 자연에서 자라납니다. 싹이 트기를 기다렸다가, 나날이 밭에 가서 한 그루 한 그루 살펴보며 벌레를 잡고 잡초를 뽑고 농약도 쳐야 하지만 그해 날씨가 좋지 않으면 어쩔 수 없습니다.

자연을 이겨내야 하면서도 자연에 체념해야 하기에 농업의 시작부터 지금까지 수확의 들판을 바라보는 농부의 마음은 종교의 기도문으로 쓰여져 기도를 드리는 이에게 무거운 짐을 지고도 살아갈 힘이 되는 든든한 믿음이 됩니다.

> 사랑은 모든 것을 참으며 믿으며 바라며 견디는 것이다.
> −「고린도전서」 13:7

주여, 빛으로 나아가게 하시고 평화 안에 우리를 있게 하소서.

그렇지만 해산물은 바다에서 저절로 자라 잡힌 것과 양식을 비교할 수 있을까요.

밤바다에 줄줄이 늘어선 고기잡이배의 집어등이 파도에 깜박이는 것을 멀리서 바라보다 나도 모르게 잠이 들더라도 영세한 통통배를 타고 등 하나에 의지해 파도 밑에서 그물을 들어 올리는 어부에게는 삶과 죽음이 찰나에 교차하는 순간이 있을지도 모릅니다.

또한 벌교 여자만에서 막 건져 올려 팔딱팔딱 뛰어오르는 활어를 마을 어부의 손에 넘겨받아 밥상에 올리는 것과 얼음에

잠겨 밤 고속도로를 타고 노량진의 새벽에 내려졌다 다시 여러 유통단계를 거쳐 비싼 값에 사와야 하는 것도 다를 것입니다.

그리고 과정과 기술에 대한 이해

경계를 넘지 않는 것과 적극적이어야 할 때, 세밀하게 집중하거나 열린 마음으로 받아들일 때를 경험으로 터득해나가며 주방에서 칼과 불을 다루며 오랜 시간을 수련하는 요리인들의 집념, 무형의 기술, 나는 셰프다.

레시피는 문화이고 문화는 유산이기에 창작자의 개성은 사람이 자연과 더불어, 생활을 통해, 오랜 역사를 거쳐 이어온 것들에 대한 유대감이자 응답입니다.

자기표현은 빙산의 일각일 뿐, 바다 아래 깊이 잠긴 큰 덩어리가 창의력의 안정성이 된다고 생각합니다.

나의 차례, 재료와 문화의 공유

인간은 무엇이든 감정과 연관 지으며 어른이 되고 난 후에도 어릴 때 맛을 잊지 못합니다.

제사음식을 가득 차려놓은 작은방에서 함께 놀던 아이들과 잣 띄운 수정과를 들고 계피 향을 맡으며 순진하게 웃고 있을 때.

머릿수건을 쓰고 고구마밭에 앉아 줄기를 캐다가
이따금 호미를 든 손을 멈추고 고개를 들어,
밭고랑에서 놀고 있는 아이들을 바라보는 어머니의 모습을.

전자제품을 고급으로만 사려고 해서 어렵게 자란 그녀와 갈등을 일으키곤 하던 아버지가 캐논 카메라에 담은 사진 한 장과.

오토바이라 하기엔 좀 작은 대림에서 나온 사이카란 게 있었습니다. 그 한 대에 식구 다섯이 타고 순천만으로 가는 강둑 위를 달렸습니다. 오솔길에 박힌 돌을 밟을 때마다 덜컹하는 흔들림 속에서 앞사람에 꼭 기대고 가로수 사이의 강을 바라보며 바람을 느낄 때.

내 방을 지나 교회로 가는 현관문이 닫히는 소리에 불안함이 새벽의 잠결에 지나가고 현관문이 다시 열리고… 좁은 문 틈에서 흘러나오는 텔레비전 소음, 탁탁탁탁 칼질하는 소리, 달그락거리며 밥하는 소리.

잠결에 듣는 부엌의 소리, 오토바이 엔진음, 카메라 셔터 소리가 불러오는 정서와 함께 음식에 관한 나의 많은 추억은 할머니 집에 가면 당숙네로 가서 인사드리고 육촌형제들까지 어울리던 대가족 문화에서 나온 게 많습니다.

그러나 공동체는 좋지만, 여성이 가사 일을 도맡아야 했던 가부장제만은, 이 미풍양속에서 없애야 한다고 믿으며, 정을 나누는 마음만을 함께 하고 싶습니다.

"농부들한테 약 친다고 뭐라 하면 안 돼.
그걸로 자식 키우고 결혼시킬라면 빌어먹을 짓이란 말이 나와… 돈이야 유통업자들이 벌지.
그래도… 들판에 벼가 자란 것을 보고 있으면
아… 이래서 농업이 수천 년을 이어왔구나.
힘들어도…
해마다 이 자리에 서서 들판을 봤을 농부의 마음을
지금 내가 느끼고 있구나…
뭐랄까… 내 자식들을 보는 것처럼 뿌듯한 거야.
그럼 이날 하루는 허리 한번 쭉 펴보고
다음 날 새벽같이 또 일하러 가는 거지."

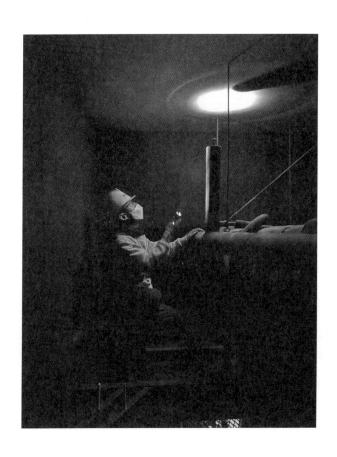

할머니

"오늘은 눈발이 날리고 땅이 얼어서 아무도 바다에 나가는
사람이 없겠지… 근디 저기 리아카를 끌고 가는 사람이 있어
서 누군고 하고 보고 있으면 덕양덕이여."

장이 끝나면 다 팔고 비워진 스티로폼 상자에 심을 꽃씨와
정신이 오락가락할 때도 여·순반란사건 때 사람이 칼에 찔
려 죽고 총에 맞아 죽은 건 또렷이 기억했던 배우자에게 줄
소주 한 병을 사서 기차에 올랐습니다.

"그런 말 하지 마라. 저렇게 사는 것도 불쌍한 일이다."
"댓 병째 먹지 말고 병으로 드시오."

그 꽃들이 자라 바다마을과 조화를 이루며
바람에 흔들릴 때
마실 가는 할머니들의 몸빼 바지에
촌스런 꽃무늬들도 나부끼며 길을 걸었습니다.

나는 원망하지 않는 마음이 오랜 세월을 통해
만들어낸 한 얼굴을 알게 되었습니다.

시장 구경을 좋아하기도 해서 나는 혼자서도 또 친구들하고
도 언제나 그 자리에 바위같이 앉아있는 외할머니를 잘 찾아
갔었습니다.

마산댁도 어느 날 자기 밭에서 난 채소들을 들고 버스를 타
서 어딘가에 내렸습니다. 쪼그리고 앉아 보따리를 펴놓고 돈
으로 교환하면 손주 옷이라든지 생선으로 또 바꿔서 돌아가
다 이따금 우리 집에 들렀습니다.

"아가, 맛난 거 먹어라와."

집에 돌아가는 시간에 벌교로 가는 88번 버스나 여수로 가
는 무궁화호와 비둘기호 기차에는 장을 마친 할머니들의 큰
다라이들 때문에 서 있기도 힘들고 생선 비린내로 가득했지
만 그런들 뭐라는 사람 없이 일상으로 받아들였었습니다.

꿈

언젠가 이런 꿈을 꾼 적이 있습니다.

무시무시한 연쇄 살인범과 조력자인 여자가 있었습니다. 여자들을 납치한 후 문장 하나를 말하지 못하면 죽였고 내 차례가 되었습니다. 더듬더듬 몇 차례의 실패 끝에 마침내 한 문장을 마치고 나니 마음이 고요해졌습니다.

"나는 자살하기 전까지 아팠다."

몇 년 후 경찰이 그들을 잡아갔고 자유의 몸이 되어 지상으로 올라왔습니다. 멀어지는 그들의 뒷모습을 물끄러미 바라보며 물음을 던지다 꿈에서 깨어났습니다.

훨씬 전에 신고할 수 있었고 쉽게 도망갈 수도 있었는데 나는 왜 그렇게 하지 않았을까? 공포와 두려움에 의지하다 어느 날 외부의 충격에 의해 밖으로 나오게 되어도 밖의 현실 또한 친절하진 않겠지요.

여성에게 김기덕 씨의 영화는 악몽입니다.

그는 인생에서 잔인한 폭력을 겪었다고 합니다.

그 공포가 누구에게나 있는 원초적인 욕망을

꿈 밖으로 나오게 했고,

명감독으로 최선을 다해

폭로와 진실로 표현했을 뿐이라고 할 수도 있겠습니다.

그러나 목소리를 없애고 자아를 내려놓은 여성이

판단하지 않고 있는 그대로의 야만을 받아들여서

선과 악, 옳고 그름을 잃어버린 야수의 구원이 된다는

상상이 인간의 퇴행이고, 과거의 여성상이기에

미투를 불러올 수밖에 없었다고 생각합니다.

또 언젠가 이런 꿈을 꾸었습니다.

판잣집의 파란 슬레이트 지붕 위, 오토바이에 앉아있었습니다. 교차로 한가운데였고, 사방으로 차들이 복잡하게 달리고 있었습니다. 이러지도 저러지도 못하고 오금만 저리는데 어떤 힘에 의해 뛰어내렸고, 롤러코스터가 추락할 때의 느낌이 지나갔습니다.

자유로웠습니다.

우리가 놀이공원에 가야 하는 이유를 알았습니다.

"공포영화의 스릴과 서스펜스는 뭔가가 실제로 일어나는 것이 아
니라 무슨 일이 일어날지도 모른다는 긴장감에 있다."

어느 책에서 읽은 구절인지는 기억이 나질 않습니다.

꿈에 시달리다 막 깨어나 긴장해서 위축된 몸이 풀어지는 것
을 봅니다.
여전히 머릿속에 생생한 영상을 되짚어가면서 벗어나고 싶
어 하면서도 그렇게 하지 못하는 공포와 변명이 현실을 덮어
씌우는 굴레가 되었음을 알게 됩니다.

천상천하 유아독존 일체개고 아당안지
(지금 여기 하늘과 땅 사이 나 홀로 존재하고
일체는 괴로움이니 마땅히 세상을 편안케 하리라)

이 말이 꿈에서 깨라는 말이었는가 합니다.
영화 〈매트릭스〉에서 네오는 새롭다는 뜻이라고 합니다.
찾았다,
요놈 스미스 씨.
요즘은 엄마가 꿈에 나옵니다.

한때 익숙했던 일상입니다.

그러나 변함이 없을 것만 같았던 홀로그램 속에 있는

나는 그때의 내가 아닙니다.

꿈 속의 나는

이미 지나온 일을 알고 있는 지금의 나입니다.

환영이란 걸 알기에

더 붙잡고 싶은 감정에 압도되어 깨는지도 모릅니다.

가슴 아픈 꿈입니다.

내가 지금 순리를 거스르고 있는가?

의미없이 집착하고 있는가?

놓아주고 마무리합니다.

새해입니다.

욕도 할 줄 알아야 해요

지방 고속도로는 보통 두 차선이고 2차로의 트럭을 피해 1차
로에 있어야 할 때가 많습니다.

자가용 한 대가 서둘러 붙는 게 백미러로 보였고 핸들을 약
간 틀고 액셀을 밟으며 비켜주려는 찰나에 그 차는 이미 내
옆을 지나치며 추월하고 있었습니다. 급히 발을 뗐지만, 고
속 상태에선 핸들을 조금만 틀어도 차체가 흔들립니다. 한밤
중의 계기판이 120~130 사이였으니 그 차는 150~160 이상
을 밟고 지나갔던 것입니다.

"아… 씨발…."

그제야 쫄아있던 단전에 긴장이 풀리고 핸들을 꼭 잡은 손바
닥에서 땀을 느낄 수 있었습니다.

욕이 필요할 때가 있습니다.
하고 싶어서가 아니라 공포가 비상구를 찾아 빠져나가 끓어
오르는 마음을 용기로 전환하기 위해,

그보다 더 표현할 길이 없는 막다른 표현의 자유로서.

어느 나라 말에 욕이 없다는데, 욕도 못 하니 정권도 못 뒤집지 않겠나…

예민함을 극복하는 방법은?

부드러운 갈색 털이 복슬복슬하니 기분이 좋은 상태일 것 같은데 포메라니안 사파이어가 문제를 일으키고 있나 봅니다.

채널을 돌리다 말았기에 앞 내용은 모르지만, 초인종 소리 같은 일상 소음에 포악해지는 것 같았습니다.

> "이 친구는 예민함을 극복해야겠어요."
>
> – 강형욱 훈련사

시골집 개는 조금만 나대도 할머니에게 혼이 납니다.
굴러다니는 나뭇잎에 집착하고 저만치 지나가는 들쥐에게 꼬리를 흔들고 있다가 아는 사람을 만나 애정표현을 하고 싶었는데….

"가만히 앉아있어! 맨날 보는 사람한테 짖고 이 지랄이야"

나는 의자에 앉아 무릎 위에 올려놓고 쓰다듬는 강아지도 귀엽지만 마당을 지키는 대문 입구에서 만나 반갑다며 꼬리를

흔들고 두 발을 들고 섰을 때, 목을 안아주거나 손을 잡아줄
수 있는 큰 개가 좋습니다. 마음껏 산책을 시켜줄 수만 있다
면 좋겠습니다.

"잠 안 오면 밖에 나가 개 한번 쓰다듬고 온다."
(아버지와 진돌이)

반응이 편안하겠습니다.
알고 보면 별일이 없고
진짜 별일은 순리에 따라야 했습니다.

연결인가? 분리인가?

개구리가 깨어난다는 경칩, 공교롭게도 그 날 밤 안양천에서
자전거도로를 횡단하고 있는 개구리 한 마리를 근심스러운
얼굴로 뒤따르는 아주머니 한 분을 만나게 되었습니다.

"천으로 돌려보내야 하는데 어떻게 보내주지."
"웅덩이에 알 낳으러 가는 거예요."
"그럼 저쪽으로 보내야 하나?"
"알아서 가겠죠."

털이 없는 동물에 자비를 베풀려 하시다니.
나라면 자전거에 밟혀도 무심했을 텐데….

아마도 우리 엄마가 왜 저러지 하는 표정으로
거리를 좁히지 않은 채 따라오는 딸에게
그 마음을 보여주고 싶었겠죠.
중학생 정도로 보이더군요.

'세존이시여, 어찌하면 그 마음을 항복받겠사옵니까?'

'수보리야… 아상 인상 중생상 수자상이…'

–『금강경』

자기사랑, 인류사랑, 생명사랑, 지구사랑으로….

강박

격투기나 미식축구 같은 거친 종목에서 효도르처럼 밝은 눈에 작고 또렷한 동공의 운동선수를 볼 때가 있습니다.

경쟁구도에 자신을 밀어붙이는 것을 두려워하지 않는 선수가 상대를 압도하려는 의지로 위협하며 다가가는 순간,
긴장과 감정이 최고조에 이르며 동공이 확장되고 있을 때,
그러나 가장 정확한 시간,
가장 정확한 지점에 사자처럼 공격을 하려면 야생마를 길들이듯이 조리개를 조여야 했을지 모르지요.

길들일 방법을 찾았을 뿐 그들에게 그 폭력성이 없다면 재능도 없었을 것입니다. 사람은 약자라고 느끼면 잔인해지기도 하면서, 자신이 속한 집단을 위해 위험을 감수하고 기꺼이 희생하기도 합니다.

강박을 타고나는 사람들이 있습니다.
다시 말하면 가속과 충동이고, 아주 오래전부터 우리 안에 있는 본능이며 어떤 허용선, 적정선을 넘어가도록 프로그램

되어있으므로 이 감정의 바람직한 분출구를 찾아 다른 것과 결합시키는 것만이 최선이었다고 생각합니다.

다만, 중독자와는 다른 길이란 선을 넘을 때 깨어있어야 하겠습니다.
성찰하고, 사랑이 있어야겠습니다.
이 노예상태에서 벗어나 주인이 되려면 달리 어떤 방법이 있을까요?

언젠가 컴퓨터도 없던 시절에 히틀러가 유대인 노동자의 수작업으로 대륙간탄도미사일을 만들게 했다는 다큐멘터리를 본 적이 있습니다.

또 언젠가 뉴스에서 연극성 성격장애와 편집성, 분열성, 자기애성, 경계성, 반사회적… 그 카테고리 너머 다양한 성격장애에 대한 설명을 읽은 적이 있습니다.

여기에 하나라도 해당이 되지 않는 사람이 있다면
그는 인간이 아닐 거예요.

나는 검소하지만 쓸 때는 씁니다.
나는 성격이 급하지만 일은 꼼꼼하게 합니다.

나는 내성적이지만 적극적으로 의견을 표현합니다.

흑백이 아닌 스펙트럼에서 어느 정도 선을 넘어야 장애라고
할 수 있을지는 모르지만, 도덕이란 잣대를 뺀다면 광기는
한계를 뛰어넘게 하고, 전쟁이란 대가 없이 발전을 이룰 수
있다면.

스님의 하루하루 한 걸음 한 걸음이란 법문을 새겨보게 되었
습니다.

〈생활의 달인〉 279회

기계의 소리에 귀를 기울이고 있어 봐.

— 유수 스님 법문 중

요즘엔 그렇게까지 하지 않아도 기계에 센서가 다 달려있어
서, 우리 집 거실 벽의 액정화면에 보일러에 이상이 생겼음
을 알리는 번호가 뜨면 매뉴얼을 찾아서 읽어보며 스스로 해
보기도 하고, AS센터에 전화해서 알려만 주어도 기사님이
부품 들고 오셔서 갈아주고 가십니다.
〈생활의 달인〉이 맛집 프로로 바뀌어가는 이유겠지요.

알아주지 않는 일이라 하더라도 열정과 단련으로 경지에 이
른 달인들을 보게 될 때 우리 시청자들의 두 눈에서는 뜨거
운 눈물이 뺨으로 흐르고 있었습니다.

젊은 나이, 공장의 기계에 손가락이 빨려 들어간 후
의수를 끼고 신문 배달을 하시던 달인의 이야기.

나는 그의 꿈이 오토바이를 타고
골목길을 이리저리 달리다가,
언덕 위에 모인 집들 사이사이와
비탈길 계단 위를 새처럼 날아가
소식을 기다리는 어느 둥지에
사뿐히 착지하는 것을 보았다.

여기는 신갈 인터체인지

톨게이트를 빠져나와도 한동안은 서울보다 화려한 분당의
대기업 본사와 주상복합아파트를 지나야 가로수 사이의 교
외 풍경이 창밖으로 스쳐 지나갑니다. 이때쯤 직진하던 차가
속도를 늦추고 고가도로를 올라타서 반 바퀴를 빙 돌게 되면
그날 고속도로의 상황에 따라 영동과 경부로 길이 갈라지게
됩니다.

고가 밑의 공터는 나무들의 섬입니다.
여기는 신갈 인터체인지.
다음 정거장인 휴게소에 내릴 때까지 씽씽 달려가기를.

우동과 짜장은 단무지와 김치만을 곁들여 휴게소에서 마주
앉아 먹을 때가 제일 맛있습니다.
후루룩~ 후루룩~ 즉석의 맛.
그리고 나도 그 이유가 궁금하지만 다시 차에 오르기 전에
던킨도너츠 한 봉지를 사놓고선 내버려두게 됩니다.

〈별이 빛나는 밤에〉

이따금 주말에 고등학생인 사촌 언니는 우리 집에 들러 열
살쯤 되는 나를 데리고 시내버스를 탔습니다.

"작은 엄마, ○○이 시내 구경시켜줄게요."

낮이어도 이곳은 미러링이 반짝반짝 돌아가는 밤의 세계. 마
음속의 비밀들로 생동감이 흘러넘치는 실내를 롤러스케이
트를 타고 돌아다니다 외로운 마음이 들어 주위를 둘러보면
사촌 언니는 그 자리에 서 있었지만 오빠들에 둘러싸여서 다
가갈 수 없었어요.

금의야행*,
지금도 저녁 어스름이 짙어지면
차려입고 나가 큰길 안쪽으로 들어가서
낡은 건물의 간판등이 켜진 작은 길과
낮은 집들의 불빛이 밝히는 골목길을 걷고
발길이 붐비는 어지러운 시장길에서
오가는 사람들의 소란스러운 소리 속에서

포장마차 석쇠에 지글지글 구워지는 음식 냄새,
맛집 앞에 도아리를 튼 긴 줄에 한숨을 쉬어보고
거리 아무 곳에나 밤이 늦도록 돌아다니는 걸
좋아합니다. 누군가와 함께.

조이의 〈Touch by Touch〉 틀어드립니다.

* 금의야행

비단옷을 입고 밤길을 가다. 자랑삼아 하지만 쓸데없는 일이라는 고사
에서 나온 말.

왕자충쇠쇠자발 쇠신충발왕신발

사주책에 나오는 말인데 기다렸던 용신운이 들어와도 너무 강한 기운에 부딪히면 나쁜 운이 더 설쳐대니 충돌하지 말고 꼬시고 달래서 힘을 빼야 한다는 조언이랍니다.

이재명 씨가 <위기의 민주주의>란 다큐멘터리를 여러 번 언급해서 찾아봤습니다.

브라질의 룰라 대통령이 기업의 후원을 받고 보수당과 연정을 할 동안 가난한 사람들이 그의 사회보장정책으로 학교에 가고 직업을 가질 수 있었습니다.

그러나 여성으로 민주화운동을 하면서 여러 차례 죽을 고비를 넘기고 모진 고문을 이겨낸 후임자 지우마 호세프가 차기 대통령이 되어 텔레비전에 나와 금융개혁을 선포하고 나서 얼마 후에 탄핵을 받게 되었습니다.
관례로 기소하고 언론이 대대적으로 보도하는 방식으로.

우리는 브라질과는 다르겠지만, 무엇이 분열이고 무엇이 노예제일까요?

G7이 된다 하고 경제순위가 몇 단계 올라갔다고 합니다.
우리가 1970년대로 돌아가지 않는 이상 OECD 국가 내에서 순위 변동이 국민 행복과 크게 관련이 있는 것 같진 않은데 집값은 두 배가 되었습니다.

평등한 사회로 나아가기를 발원합니다.
태평천하, 가난이 아니라 부를 나누어야 할 때.

I' got soul but I'm not a soldier
_ The Killers

광주 수영세계선수권대회,
하이다이빙 표가 매진되었다지만 조선대 경기장 옆의 강의
동 꼭대기로 올라가면 볼 수 있을 것 같았습니다.

관중석은 텅 비어있었습니다. 중고등학생들이 단체 관람을
왔다 일사병이 무서워서인지 금세 자리를 떴고, 그사이 기자
들이 모두 사진기를 들어 플래시를 터뜨리니 '대흥행!'이란
기사가 포털에 올라왔습니다.

어느새 우리 주위에 교직원분들이 모여들었습니다.

"우리들은 두 달 전에 표를 강매당하고도 별로 보고 싶은 마
음이 없는데 정작 보고 싶은 사람들은 서울서 휴가를 내고
와도 볼 수가 없네… 허…."

이렇게 자기들끼리 여론을 조성하던 중에 어느 분이 무거운
의자 두 개를 가져다주셨습니다.

"여그 앉아 편히 보시오.~"

전라도 사람들의 정의감은 정에서 나옵니다.

마찬가지로 관중이 많지 않았던 평창 스노보드 하프파이프
경기장에서 숀 화이트를 가까이에서 볼 수 있었습니다.
올림픽 5회 출전, 토리노, 밴쿠버, 평창 금메달리스트. 등불을
켠 듯한 밝은 눈에 개구진 얼굴이었지만, 고정관념과는 달리
신부복을 입고 있어도 어울릴 사제 분위기에 놀라게 되었습
니다.

매 순간이 위기임을 자각하고 평정심을 지켜야 했기 때문이
겠구나.
내면의 한계를 뛰어넘을 때의 자유로움이 좋은 결과로 이어
지기를 응원합니다.

요즘은 카타르 월드컵 기간입니다.
"메시~!"
부처님께서
남의 불행위에 자신의 행복을 쌓지 말라고 하셨지만,
호날두가 공을 잡을 때마다
우리 국민들이 한마음으로 메시를 크게 외쳐볼 때,

우리 안에 있는 어두운 공격성,

이 거칠고 끓어오르는 마음을

최대한 긍정적이고 낙천적인 방법으로 밀어내게 됩니다.

대한민국 파이팅~!

악마는 디테일에 있다

악마는 디테일에 있다. 꼬리가 몸통을 흔든다. 탐욕은 강박
적이므로 수단과 방법을 가리지 않고 허점을 찾아 잘못 사용
하는 방법을 알아낸다.

임대차등록법, 핀셋규제가 먹히겠나?
구로구의 우리 집이 강남보다 못한 게 뭐 있나?

서울로 가는 기차역이 있던 도농복합도시.
골목길을 달려 나와 계절 따라 들판에서 마음껏 뛰어놀던 어
린이들이 더 자라 방안의 텔레비전과 라디오의 도시생활에
마음을 빼앗기고 다 자라 부모님과 작별하고 로터리 앞의 역
전시장을 지나치며 향수로 버퍼링 되다 이 역의 플랫폼에 서
있게 될지 모른다.

기차는 강줄기를 따라가다 시내 한복판을 가로질러 가지만
곧 산에 막히고 깊은 터널의 구멍을 향해 굽어지는 철로를
따라 기우뚱 이끌려갈 때쯤엔 창밖을 보던 눈이 저절로 감긴
다….

이제 다 왔구나 안도하며 창밖을 볼 때.

서울의 첫인상, 구로.

동물원의 미로에서

수도 없이 발톱 질에 긁혀 흐릿해진 유리 벽 구석에 어린이 스케치북만 한 지도를 보게 되었습니다. 맹수가 탈출했을 때 비상대피로였어요.

벵골 호랑이는 십 미터 절벽에서 뛰어내리고 한 번에 오 미터를 달린다는 설명서를 읽은 직후였습니다.

'도망을 어떻게 갈 수 있나. 한 놈 밀어버리는 거지.'

앞날이 불안한 사람이 점을 보는 것은 제비뽑기의 확률 때문이고 그 불안의 정체는 의지할 곳이 없다 입니다.

왜 나에게 이런 일이?

"아난아,
지금에 있어서나 또는 내가 열반에 든 후에 있어서나
스스로가 등불이 되고 스스로가 의지처가 되어
다른 사람을 의지처로 삼지 않으며,

법을 등불로 삼고 법을 의지처로 삼아

다른 것을 의지처로 삼지 않는 사람이야말로

참 나의 제자요, 이 승가에서 가장 높은 위치에 있는 자이다."

라면 스프

국물 요리의 감칠맛이란, 다시마 멸치육수(마른새우도 같이 하면 좋다)에 매실즙 약간과 까나리액젓으로 간을 맞춘 다음 대파, 미나리, 고추, 쑥갓… 육수의 여운을 개운하게 하는 허브의 향을 실어주고 한소끔만 더 끓이면 되는 것입니다.

그렇다면 나주곰탕은?

한나절 물에 담가 핏물을 뺀 양지고기와 대파, 양파, 마늘, 무, 냉장고 속 갖은 야채(대추와 오가피는 기호에 따라)를 곰 솥에 때려 넣고 오래오래 끓인 다음 사리곰탕면 스프 2개를 풀어 넣습니다. 고기는 건져내어 수육으로도 먹습니다.

맛보아주세요.

압축된 간결함

가능한 한 짧은 거리로 직관과 연결되어 쉽게 이해하게 된다면, 많은 사람이 쓸 수 있고 결과적으로 자유와 평등에 기여합니다.

정부를 보완하는 효율적인 민간도 필요해서 당연히 우리의 공공서비스에 써야 할 돈을 빌 게이츠에게 승자독식으로 몰아주었지만, 거기에 더해 스티브 잡스는 잠재력을 발휘할 수 있는 진입 장벽을 낮추어 개인이 작은 생산자가 되는 대안의 문을 열게 하지 않았을까.
잡스가 기부했다는 기사는 본 적은 없지만…

"아이팟,
폰,
브레이크 쓰루 인터넷 커뮤니케이터,
디스 이스 원 디바이스."

이 하나 안에 다 있다.
나는 청바지에 검은 티를 입고 맨 처음 아이폰을 들고 나왔을 때의 잡스가 추상을 말했다고 생각합니다.

추상에는 근원이 있고, 원인에는 추상이 있습니다.
그러므로 예술가에게 추상이 무어냐고 묻는다면 원인을 거슬러 가본다고 할지도 모릅니다.
연기, 중중무진연기.

추상을 감각의 이미지로 구체화하는 것은 기다림도 필요합니다.

어느 사진가의 말을 떠올립니다.

"나는 그 순간이다.
나와 함께한 순간에는 누구나 자유롭다."

지금, 여기. 변화한다는 불안을 이해하지 못해 지금도 창을 들고 야생을 겨냥하는 원시인의 애니미즘을 신앙이 아닌 진실로 받아들일 때, 스트레스가 많아 늘 의존할 뭔가를 찾아 방황하는 도시인에게 구원이 될지도 모르겠습니다.

송추계곡을 따라 북한산을 내려오다 소나무숲으로 빠져나오는 기우는 해를 후광으로 두르고 눈 덮인 능선을 묵묵히

오르는 멧돼지를 올려다본 적이 있습니다.

우리가 보고 있는 걸 알고 있는 것 같았습니다.

이십 미터 정도 멀리에서.

솔잎 끝을 스치다 앉은 눈꽃에 우리의 눈은 이미 멀어있었고 사육의 잉여가 없는 몸의 윤곽으로 산돼지의 심장이 밀어올리는 야생의 생명이 차가운 공기 속에 반짝이고 있었습니다.

나는 동굴의 정적 속에서 횃불을 켜고 그 소리가 들릴 것 같은 동물의 역동을 벽에 그리고 있는 구석기인과 같은 사람입니다.

지금 여기

오늘도 투비 오어 낫투비(To be or Not to be)로
괴로워할 나에게,

렛잇비(Let it be),

그리고,

이매진 올 더 피플(Imagine all the people),
리빙 포 투데이(living for today)

이래야 한다, 저래야 한다는 미래 시제고,
후회는 과거고.

헬무트 뉴튼의 사진 감상

섹스어필, 관음증의 대상이 매혹은 공포와도 같다는 것을 자각하면 자존과 힘을 가지게 됩니다.

노예와 주인이 뒤바뀌는 워너비 판타지의 전복, 카메라는 직지인심의 도구입니다.

자각 자제 자율
- 법륜스님의 법문 중에서

억압은 남의 시선이지만, 자제는 내가 자유로워지는 길이다. 이 마음 보겠습니다.

주여, 우리의 죄를 사하여 주옵소서.
어릴 때 교회에서 목사님의 설교를 들을 땐 왜 우리가 죄를 가지고 태어났는지 궁금했고, 원죄란 단어에 신비함을 느끼곤 했습니다.

사람은 동물과는 달리 일부일처 같은 본능을 거스르는 일들을 노력하면 해낼 수 있고 여기엔 죄의식이 필요합니다.

수치심은 내 삶을 통제할 수 없다는 무력감과 관련이 깊고, 그 창피한 마음은 무엇보다도 흐름을 거스르고 싶다는 간절함일지 모릅니다.

분열은 무엇일까?

나는 너보다 낫다.

선을 얼마나 넘어갔느냐를 따지지 않고 '나는 금을 밟았습니다' 하고 인정할 수 있는 용기가 나에게는 있을까. 정도야 다를 뿐 우리의 마음은 다르지 않습니다.

공감을 하지 못하면 내가 남들 삶에 어떤 영향을 미치게 되는지 모르게 됩니다. 사이코패스처럼 선천적으로 자신이 남에게 끼친 피해를 알지 못하는 사람들도 있지만, 종교에 대한 믿음, 이념에 대한 신념, 옳을 의가 어질 인을 파극할 때 또한 그렇습니다.

적폐청산, 부동산, 수시정책 누가 만들었나?

현실에 대한 불만과 이상적인 개혁 사이에 생기는 시공간의 차이를 기득권을 지키기 위해 유연해지는 사람들이 메워버리면 배제와 차별은 더 공고화됩니다.

반성과 자각은 지금 여기를 긍정하는 상태여야 한다는 법륜 스님의 법문을 새깁니다.
콤플렉스가 판타지를 만들고, 취하면 다음 날 후회로 돌아옵니다.

당시, 보도가 많이 되진 않았지만 김용균 씨 어머니인 김미숙 씨가 「중대재해법」 통과를 위해 단식을 했었습니다. 한 번의 실수로 아들이 목숨을 잃었고 책임지는 이가 없었지만, 다른 아이에게는 그런 일이 없어야 한다고 합니다.

그가 아무리 좋은 사람일지라도 자기 자식에겐 특권을 물려주려 한다는 점이 소수 엘리트의 한계일지 모릅니다.

정말로 시스템이 바뀌길 원한다면, 그 어머니의 마음이 변화의 시작이라고 믿습니다. 응원합니다.

깨달음

원래 그런 거는 없다. 다람쥐는 쳇바퀴를 멈추었다.

나는 고집 센 사람들이 자기 고집 세다고 인정하는 것보다
그건 어쩔 수 없는 일이었다고 체념하는 것을 더 자주 보아
왔다.

내 고집을 버리고

자판기에 1,000원을 집어넣고 뭐라도 하나 골라야지 싶어 캔커피 레쓰비 앞의 버튼을 눌렀습니다. 묵직하게 떨어지는 소리를 확인하고 몸을 굽혀 잔돈 찾는 구멍을 젖혀보는데 500원짜리 동전들로 가득했습니다.

이런 일이…. 몰래카메라인가?

그런 것 같진 않다. 그러나 양심보다 무서운 게 CCTV가 아닌가.

거스름돈 200원만 찾아서 근처 벤치에 앉아 커피를 마시며 마음을 돌아보았습니다.

첫 번째 마음은 사심이었고, 두 번째 마음은 내가 아닌 다른 이가 가져가리라는 분함이었는데 두 번째 마음의 고통이 훨씬 컸습니다.

이태원

왜 경찰을 시민 행복을 위한 질서를 유지하기 위해서가 아니라 마약사범을 잡는 데에만 투입했을까?

친구 따라 강남 간다. 나도 그 나이 때는 그랬다. 클럽에서 밤을 새우고 편의점에서 라면 먹고 헤어져서 숙취에 시달리는 걸 몇 번 하다 보니, 그제야 나는 이런 혼돈을 원하지 않는구나 알게 되었다.

왜 젊은이들을 비난하나.

인구밀도가 가장 높다는 도시에서 음악, 미술, 체육이 보충수업으로 대체되고 노는 것을 배우지 못한 청년들에게

"이게 다 너를 위한 일이야"

라면서도 무엇을 원하는지 물어본 적은 없을 것이다.

소외감이야말로 주체성 투쟁의 동기가 되고 〈기생충〉, 〈오징어게임〉, 칼군무… 알고 보면 한류는 세기말 감성.

왜 평등과 자유가 아니라 자유와 평등일까?

"엄마, 내 삶이 없어."

만약 우리 엄마에게 이런 말을 했다면 이해하지 못했을 거예요.

"호강에 초 치는 소리하고 있네."

할머니는 자아란 단어가 있는지도 몰랐을 것입니다.

그런데 요즘 아이들은 텔레비전과 스마트폰으로 다양한 자유를 학습하며 커가는데 시스템은 그다지 변한 게 없으니 마음은 우리보다 훨씬 더 힘들 거 같습니다.

아하~!
단박에 깨닫는다고 하지만 업장소멸도 그럴 수 있을까요?

시스템을 바꾸고 싶은 욕망은 어느 한 사람의 예기치 못한 순간일 수도 있지만, 자유를 누구에게나 공평하게 적용할 수

있도록 사회 구조를 변화시키는 것은 얼마나 어렵고 오랜 시
간이 걸리는 일인가요.

기도

카르마, 나의 인연과보는 내가 감독한 영화입니다.
이 영화는 사회의 사고방식과 연기되어 있습니다.
그러므로 이 마음 하나를 자유롭게 하는 건 세상을 해방하는
것과 같습니다.

'왜 화가 나는가?'
나의 무력함 때문이겠지요.
더는 당하기 싫어서 피해자는 쉽게 가해자가 되고 분노를 발
산할 표적은 나보다 더 약자일 때가 많습니다.
우리 안의 조커입니다.

'나 이 사람 보통사람이에요.'
다르다고 느끼면 숨게 되고 최고 권력자가 서민이미지를 내
세우며 시장에서 오뎅을 사 먹는 것은 억압의 정치일 수 있
습니다.

'난 잘났으니까 넌 받아들여.'
밀도가 높을수록 경쟁은 심해지고 자기계발과 종교의 구원

은 트로이의 목마일 수 있습니다.

슈퍼히어로는 대중을 의존하게 하기에 실패합니다.

평등은, 다양성의 포용은,

나는 너는 우리는 지금 이대로도 좋습니다 입니다.

저는 그렇게 생각합니다.

'여호와는 나의 목자이니 나는 부족함이 없으리로다.'

목자는 양들을 뒤에서 이끌어갑니다.

어디에나 차별이 있고 차별에 맞서는 자세 또한 중요합니다.

지금 마음 편안합니다.

> "여보게 어떤 한 사람이 논두렁 밑에 조용히 앉아서
>
> 그 마음을 스스로 청정히 하면, 그 사람이 바로 중이요,
>
> 그곳이 바로 절이지. 그리고 그것이 불교라네."
>
> – 서암 스님

도산서원 전교당에 걸린 현판

한가하다 한閑
존재하다 존存
다스리다 재在

개미주주입니다.
특별한 계기가 있는 것도 아니면서
우~ 하고 올라갔다 우~ 하고 내려가고
돈은 마음 따라 움직이고
내 힘으로 할 수 없는 것에 대한 기대가 있고

자원봉사라는 비상구도 있습니다.

크리스마스를 위한 코미디

어두운 무대에서 조용히 기다리다 커튼이 걷히고 무대 중앙의 크리스마스트리에 조명이 켜지면, 고운 한복을 입은 우리들이 촛불을 든 양팔을 옆으로 벌렸다 앞으로 모았다 하며

고요한 밤 거룩한 밤 어둠에 묻힌 밤
주의 부모 앉아서 감사 기도 드릴 때

찬송가를 부르면서 베들레헴의 아기 예수와 동방박사 모형이 놓인 작은 나무를 탑돌이 하듯 천천히 빙글빙글 돌아야 했습니다.

어둠 속에서 작은 촛불을 이어가듯이.

그런데 뒤따르는 남자애가 양팔을 모을 때 앞에 있는 여자애의 머리카락에 촛불이 옮겨붙어 버린 것이었어요.
전도사님이 황급히 올라와 양복 외투를 벗어 덮으며 머리에 붙은 불을 끄는 동안 얼어버린 까만 얼굴의 그 애 표정을 지금도 기억합니다.

그렇지만 그 아이는 울지 않았어요.

리허설에는 초를 아끼느라 끈 채로 했고 연습 때는 한 번도 그런 일이 없었는데 안 그래도 곱슬머리에 유난히 머리숱이 많던 그 애가 그 때에 유행하던 캔디 파마를 짠~ 하고 나타나서 머리카락이 더 부풀려지는 바람에 그런 거였어요.

일머리

나는 일머리가 있는 편인가, 힘을 잘 쓰는 편인가.
힘을 잘 쓰는 편에 속합니다.
그래서 혼자 하는 일을 하고 있는지도 모릅니다.

'참 일머리가 있으시구나' 했던 분을 떠올립니다.
그건 기술보다도 들뜨지 않은 마음,
자기를 내세우지 않는 가라앉은 정서 상태가 더 큰 역할을
하는 것 같았습니다.
반면에, 나를 통해서 결정해야 한다든지,
일면만 보고 '넌 늘 그런 식이야'라고 매도해버리는 고집이
있는 사람이 있다고 해도
그로 인한 장점과 쓰임이 또한 있겠지요.

정곡을 찌르는 디테일

고깃집에 들어가 자리에 앉으면
숯불을 담은 화로를 가져다줍니다.
밥상 가운데로 오목하게 들어간 무쇠솥에서
아기자기하게 모인 조약돌 같은 숯에
불길이 일어나지 않고 등불처럼 수줍게 빛날 때

소리에 놀라지 않은 사자처럼
그물에 걸리지 않은 바람처럼

사자나 영장류의 눈이 얼굴 앞에 달린 전방주시형이고
그 먹이가 되는 사슴 같은 초식동물은
사방에 숨어있는 포식자를 감지하기 위해서
파노라마 시야가 필요했기에
얼굴 양옆에 눈이 달렸다고 합니다.

소리에 놀라지 않는 사자처럼.

옆을 보지 말고 앞을 보고 살아가라는
뜻이구나 합니다.
그럼에도 가끔은 누가 암호화폐로 몇억을 벌고
누구는 도심지 아파트청약에 당첨돼서 몇억을 벌었단
말을 들으면 불안해지기도 합니다.

옷은 잘 안 사는데 몇만 원 하는 귀걸이를 잘 삽니다.
와호장룡과 신용문객잔.
무림의 여 고수들이 바람을 가르며
춤과도 같은 결투를 벌일 때,

하늘을 찢는 매의 울음 같은 칼날의 음향효과와 함께
여인들의 귓가에 짤랑이던 귀걸이를
나 또한 귀에 걸리라.

부끄러움, 망설임, 내가 부족하다는
느낌 없이
지금 여기, 집중하겠습니다.

춤춰라, 아무도 보지 않는 것처럼

– 마크 트웨인

타인은 지옥이라는 말이 있습니다.
또 혼자 남았구나.
그래도 다시 문을 열고 나와 이끌려 가는 길은
떠나온 집으로 돌아가는 길입니다.

알고 보면 다 내 이야기이고 내 아버지, 내 어머니,
우리 가족의 속마음이었구나.
이렇게나 할 말이 많았는데
몰라줬었구나.

가족이 원수다!

때로는 이 말을 뱉고 나서야
진심이 아니었음을 알게 됩니다.

바다로 가야만 했던 물고기는 알을 낳기 위해
태어난 강으로 거슬러 오릅니다.
나와의 만남입니다.

그렇게 어느 정도 보편성을 얻었고,
이 결과물로 인정받고 싶은 마음에
또다시 자기만의 세계로 미끄러집니다.

소리에 놀라지 않는 사자처럼
그물에 걸리지 않는 바람처럼
진흙에 더럽히지 않는 연꽃처럼
무소의 뿔처럼 혼자서 가라.

말처럼 쉽지 않기에 정진합니다.
하루하루 한 걸음 한 걸음

엄마,
나랑 많이 싸웠고
형제 중에 나를 제일 미워했다는 생각에는 변함이 없지만,

당신이 나를 위해서라면 무엇이든

생명도 주리라는 믿음에는

한 치의 의심을 단 한순간도 가져본 일이 없습니다.

길가의 풀꽃, 나뭇잎이 흔들리는 걸 볼 때에도

당신의 손길을 느낄 때가 있습니다.

퇴고

몇 가지 모양의 단순한 조각으로 간단하게 조립해서 복잡하지만 질서 있고, 단순하지만 깊이 있게 다양한 구조물을 만들어내는 게 레고놀이입니다.

기념사진,

연출이 진솔한 마음보다 중요한 순간,

다음에 또 만나요.

나가는 말

어릴 땐 교회에 다녔고, 지금은 불자이지만

나에게 종교가 무엇이냐 묻는다면

기독교도 불교도 아니고 매일 아침의 기도라고 하겠습니다.

마루 종宗, 가르칠 교敎

이제야 그 의미를 조금 알 것 같습니다.

경쟁은 남을 이기지만

도끼날 같은 두 손을 모으고 엎드리면

나를 버리게 됩니다.

주여, 빛으로 인도하시고 평화 안에 우리를 있게 하소서.

정토회에서 기도하며 글 쓰고 있습니다.

✱ 수양: 1980년 여수 출생. 세종대 영문과 졸업

2022년 자비출판으로 등단

잡지 01

지금 이대로 좋습니다

초판 1쇄 발행 2023년 03월 20일

지은이 수 양
펴낸이 류태연

펴낸곳 렛츠북
주소 서울시 마포구 양화로11길 42, 3층(서교동)
등록 2015년 05월 15일 제2018-000065호
전화 070-4786-4823 | **팩스** 070-7610-2823
홈페이지 http://www.letsbook21.co.kr | **이메일** letsbook2@naver.com
블로그 https://blog.naver.com/letsbook2 | **인스타그램** @letsbook2

ISBN 979-11-6054-610-1 (03810)